치매예방 × 기억·인지강화 워크북

쓰면서 행복해지는
인생 글쓰기

보누스 편집부 지음

보누스

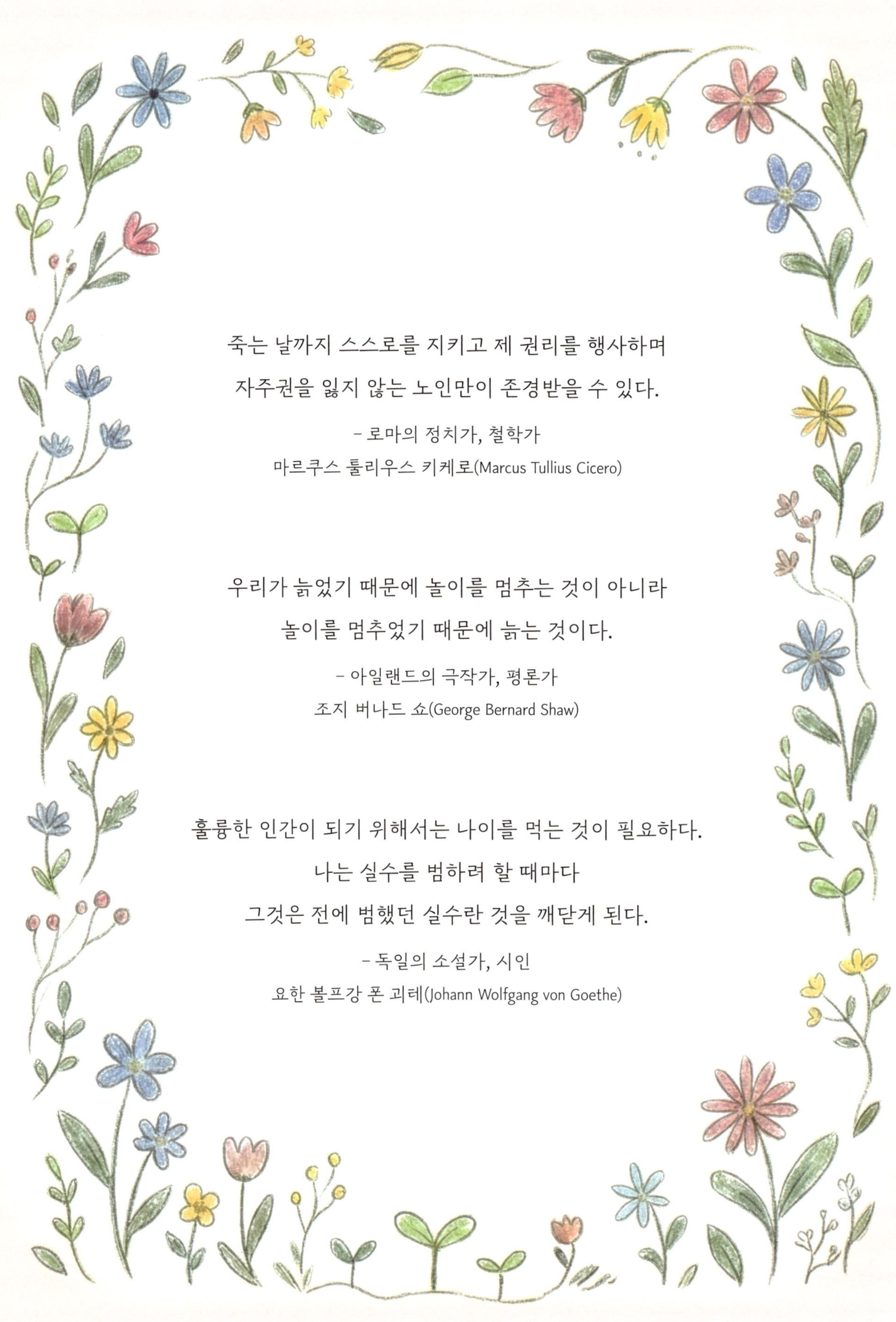

죽는 날까지 스스로를 지키고 제 권리를 행사하며
자주권을 잃지 않는 노인만이 존경받을 수 있다.

– 로마의 정치가, 철학가
마르쿠스 툴리우스 키케로(Marcus Tullius Cicero)

우리가 늙었기 때문에 놀이를 멈추는 것이 아니라
놀이를 멈추었기 때문에 늙는 것이다.

– 아일랜드의 극작가, 평론가
조지 버나드 쇼(George Bernard Shaw)

훌륭한 인간이 되기 위해서는 나이를 먹는 것이 필요하다.
나는 실수를 범하려 할 때마다
그것은 전에 범했던 실수란 것을 깨닫게 된다.

–독일의 소설가, 시인
요한 볼프강 폰 괴테(Johann Wolfgang von Goethe)

_______________ 님께 드립니다.

이 글쓰기는 누구에게 보여주기 위한 것이 아니라,
오직 나 자신에게 주는 작은 선물입니다.
지나온 세월 속에는 아직 꺼내보지 못한
보석같이 빛나는 나만의 이야기가 가득합니다.
그저 손이 이끄는 대로, 마음이 말하는 대로 즐겁게 적어보세요.

골목길을 누비던 어린 시절

날짜 : __________ 년 _____ 월 _____ 일

오늘의 날씨 : ___________________

오늘의 기분 : ___________________

해 지는 줄 모르고 동네를 뛰어놀던 어린 시절, 당신은 어떤 아이였나요?
친구와 나뭇가지 하나로도 잘 놀던 모습은 지금도 마음속에 아련하게 남아 있습니다.
걱정 없이 마냥 즐거웠던 그때 그 시절로 추억 여행을 떠나봅니다.

**세상 모든 것이 신기하고 즐거웠던 어린 시절,
걱정 없이 동네를 누비던 당신은 어떤 개구쟁이였나요?**

예) 동네 골목대장이었던 활발한 아이, 책 읽기를 좋아했던 조용한 아이, 호기심이 많았던 아이

친구들이 나를 부를 때 이름 대신 특별한 별명으로 부르곤 했습니다.
그 시절 나의 별명에는 어떤 이야기가 담겨 있나요?

예) 키가 커서 '껑다리', 얼굴이 동그래서 '찐빵', 달리기가 빨라서 '총알'

기쁠 때나 슬플 때나 언제나 내 편이 되어주었던 단짝 친구가 있었나요?
어떤 비밀 이야기를 나누었나요?

예) 좋아하는 짝꿍 이야기, 부모님께 혼났던 이야기, 몰래 간직하던 꿈 이야기

한때 가장 소중했던 나의 보물

날짜 : __________ 년 _____ 월 _____ 일

오늘의 날씨 : _______________________

오늘의 기분 : _______________________

나만의 작은 공간에 몰래 숨겨두었던 편지, 어머니의 손맛이 담긴 음식,
밤마다 귀를 기울이던 라디오 프로그램까지.
잊고 지냈던 그 시절의 소중한 추억들을 다시 떠올려봅니다.

어린 시절, 나에게 가장 소중했던 '보물 1호'는 무엇인가요?

(예) 생일에 선물받은 인형, 낡고 해졌지만 버리지 못했던 이불, 온 동네를 돌아다니며 모았던 예쁜 돌멩이

어머니가 해준 음식 중 유난히 좋아하던 음식은 무엇인가요?

예) 시원한 미숫가루, 들기름을 발라 구워 먹는 김, 살얼음이 동동 떠 있는 식혜, 소풍날 싸주시던 김밥 한 줄

밤마다 귀 기울여 듣던 라디오 프로그램이 있었나요?
어떤 프로그램이었나요? 아직도 기억이 나는 사연이 있나요?

예) 흥미진진했던 라디오 연속극, 인기가 많았던 만담 코미디, 팝송 베스트

꿈을 꾸던 학창 시절, 방황하던 순간들

날짜 : __________년 ____월 ____일

오늘의 날씨 : __________________

오늘의 기분 : __________________

교복을 입고 책가방을 메고 다니던 10대 시절은 꿈과 고민이 가득했던 시간이었습니다.
선생님의 잔소리, 친구와의 비밀, 그리고 막연하게 그려보던 나의 미래까지.
어른이 된다는 것이 무엇인지 몰랐지만, 매 순간 진심으로 고민하며 한 뼘씩 성장했습니다.
학창 시절의 추억과 미래를 향한 설렘과 방황을 기록해 봅니다.

학생 시절의 꿈은 무엇이었나요?
그 꿈을 위해 어떤 노력을 했었는지 떠올려보세요.

예) 과학자가 되기 위해 밤늦게까지 과학 전집을 읽었다, 소설가가 되고 싶어 문학 동아리에서 활동했다,
    꿈을 찾지 못해 친구들과 방황했다

나에게 가장 큰 영향을 준 선생님이나 어른이 있었나요?
어떤 가르침을 받았는지 적어보세요.

(예) 힘든 시기에 따뜻한 격려를 해준 담임 선생님, 나의 재능을 알아봐준 미술 선생님, 인생의 지혜를 가르쳐준 동네 어른

꿈을 직업으로 삼지 않았어도 취미 활동으로 즐길 수 있습니다.
꿈과 관련된 어떤 활동을 하고 있나요?

(예) 천문학자라는 꿈을 이루지는 못했지만 별 보기를 취미 생활로 즐기고 있다

빈칸 채워 속담 완성하기

우리의 지혜가 담긴 속담입니다.
짧은 문장 속에 담긴 깊은 뜻을 되새기다 보면, 삶의 이치를 다시 한번 깨닫게 됩니다.
빈칸에 알맞은 말을 넣어 속담을 완성해 보세요.

1. 콩 심은 데 콩 나고 ___ 심은 데 ___ 난다

   모든 일은 원인에 따라 결과가 생긴다는 뜻으로, '뿌린 대로 거둔다'와 비슷한 의미

2. ___ ___ 안 개구리

   넓은 세상을 알지 못하고 자기가 아는 것만이 전부인 줄 아는,
   식견이 좁은 사람을 비유하는 말

3. 배보다 ___ ___이 더 크다

   기본이 되는 것보다 덧붙이는 것이 오히려 더 크거나 많을 때를 비유하는 말

4. ___ ___이 많으면 배가 산으로 간다

   여러 사람이 자기주장만 내세우면 일이 제대로 되기 어렵다는 뜻

5. ___ 먹고 ___ 먹는다

   한 가지 일을 해서 두 가지 이상의 이익을 얻었을 때 쓰는 말

나 자신을 믿어주는 시간

세상에서 나를 가장 잘 아는 사람은 바로 나 자신입니다.
때로는 스스로를 다그치기보다 따뜻하게 안아주고 칭찬해 주는 시간이 필요합니다.
사소한 것도 좋아요. 나의 장점을 적어보세요.

마음에 새기는 시 한 편

인적 끊긴 산 속
돌을 베고
하늘을 보오.

구름이 가고,
있지도 않은 고향이 그립소.

– 김상용, <향수>

인적 끊긴 산 속

돌을 베고

하늘을 보오.

구름이 가고,

있지도 않은 고향이 그립소.

세상 속으로 내디딘 첫걸음

날짜 : __________년 _____월 _____일

오늘의 날씨 : ___________________

오늘의 기분 : ___________________

꿈을 키우던 학창 시절을 지나, 처음으로 사회에 발을 내디뎠던 순간들을 기억하나요?
첫 월급을 받았을 때의 뿌듯함, 나라의 주인으로서 처음 투표를 했을 때의 책임감까지.
설렘과 긴장 속에서 진짜 어른이 되어가던 그 시절의 나를 만나봅니다.

처음 내 힘으로 돈을 벌었던 날의 설렘과 뿌듯함을 기억하나요?
땀의 결실인 첫 월급으로 가장 먼저 무엇을 했나요?

예) 부모님께 빨간 내복을 사드렸다, 동생들에게 맛있는 것을 사주었다, 나를 위해 좋은 옷을 한 벌 샀다

처음으로 투표하던 날을 기억하나요?
투표할 때 어떤 마음이었나요?

예) 어른이 된 것 같아 뿌듯했다, 떨리는 마음으로 투표소에 들어갔다, 더 좋은 나라가 되기를 바랐다

 ## 글자 조합해서 단어 완성하기

순서가 뒤죽박죽 섞인 글자들을 잘 조합하여 올바른 단어를 만들어보세요.
잠자고 있던 뇌가 즐겁게 깨어날 거예요.

1. 국자에 설탕을 녹여 소다를 넣고 부풀려 만드는 길거리 간식
   나 말 다 달 고 미 → ☐ ☐ ☐

2. 불을 붙일 때 사용하던, 지금의 라이터와 같은 물건
   냥 양 성 량 염 장 → ☐ ☐ ☐

3. 밥을 푸고 난 솥에 물을 부어 끓인 음식
   눙 승 숭 룽 탕 국 → ☐ ☐ ☐

정답 : 1. 달고나 2. 성냥 3. 숭늉

인생의 터전, 나의 일과 보람

날짜 : ____________년 _____월 _____일

오늘의 날씨 : ____________________

오늘의 기분 : ____________________

가족의 생계를 위해 혹은 나 자신의 꿈을 위해 평생을 바쳤던 '업(業)'이 있을 겁니다.
밤낮으로 땀 흘리던 청춘의 날들과 책임을 다했던 순간들이 모여 지금의 나를 만들었습니다.
내게 보람과 자부심을 주었던 일을 다시 떠올려봅니다.

평생을 바친 당신의 '업(業)'은 무엇이었나요?
그 일을 하며 가장 보람 있었던 순간을 떠올려보세요.

예 열심히 농사지은 채소를 제값 주고 팔았을 때, 주변에서 고생을 알아줄 때, 공로상을 받았을 때

첫 직장에서 당신에게 가장 큰 가르침을 주었던
선배, 동료는 누구였나요?

(예) 힘든 순간 격려해 준 상사, 실수했을 때 조용히 도와준 동료, 진심으로 나의 발전을 도와준 선배

일하면서 가장 힘들었던 때는 언제였나요?
후배가 같은 상황이라면 어떤 말을 해주고 싶은가요?

(예) 일하느라 중요한 가족 행사에 가지 못했던 날, 회사가 크게 휘청였을 때

🍀 아름다운 우리말 소리 내어 읽기

시간이 흐르면서 사라져가는 보석 같은 우리말들이 있습니다.
한 글자 한 글자 정성껏 소리 내어 읽으며 말의 고운 소리와 뜻을 음미해 보세요.
우리말의 아름다움이 당신의 일상을 더욱 풍요롭게 만들어줄 겁니다.

1. 온새미로

ⓒ뜻 가르거나 쪼개지 않고 생긴 그대로.
ⓒ예문 소나무가 온새미로 장엄하다.

2. 명지바람

ⓒ뜻 보드랍고 화창한 바람.
ⓒ예문 봄이 되었으니 명지바람이 불 것이다.

3. 발밤발밤

ⓒ뜻 한 걸음 한 걸음 천천히 걷는 모양.
ⓒ예문 저녁에 바람을 쐴 겸 발밤발밤 나가 보았다.

4. 물비늘

ⓒ뜻 잔잔한 물의 표면이 햇빛 따위를 받아 비늘처럼 반짝이는 것.
ⓒ예문 냇가에 비친 햇살이 물비늘을 만들었다.

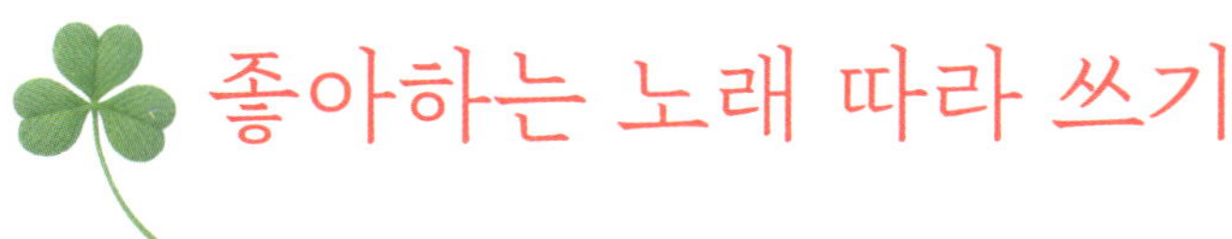 # 좋아하는 노래 따라 쓰기

노래는 시간을 관통하는 마법의 언어입니다.
가슴속에 간직한 노래도 좋고 요즘에 푹 빠진 노래도 좋습니다.
노랫말을 정성껏 옮겨 적으며 음미해 보세요.

내 인생의 설레는 만남

날짜 : ___________ 년 _____ 월 _____ 일

오늘의 날씨 : ___________________

오늘의 기분 : ___________________

살면서 가슴을 두근거리게 했던 특별한 인물들이 있습니다.

지금 내 옆을 지키고 있는 가족일 수도 있고, 책 속에서 만난 주인공일 수도 있어요.

잠시 스쳐 지나간 인연의 따뜻한 배려가 오래도록 마음속에 남아 있기도 합니다.

내 인생을 더욱 풍요롭게 만들어준 그 설레는 만남의 순간들을 다시 한번 떠올려보세요.

내 인생에서 가장 든든한 버팀목이 되어준 가족은 누구였나요?

예) 집이 어려울 때도 최선을 다하던 아버지, 방황하던 시절 묵묵히 기다려준 어머니, 힘든 순간 서로 의지하던 형제자매, 나를 믿어주던 배우자

당신의 마음에 가장 큰 울림을 주었던 소설 속 주인공이나 영화 속 인물은 누구였나요?

(예) 순수한 열정을 지닌 돈키호테, 사랑의 의미를 되새겨준 어린 왕자, 삶의 지혜를 가르쳐준 《노인과 바다》 속 노인

모르는 사람에게 도움을 받은 적이 있나요? 그때 나는 어떤 상황이었으며, 도움을 받고 어떤 생각이 들었나요?

(예) 지갑을 잃어버렸을 때 누군가 지갑을 주워 경찰서에 맡겼다, 버스에서 자리를 양보받았다

급변하는 세상 속의 나

날짜 : __________년 _____월 _____일

오늘의 날씨 : _____________________

오늘의 기분 : _____________________

우리가 살아온 세월은 그야말로 급격한 변화의 역사였습니다.

흑백 TV가 컬러로 바뀌고, 편지가 이메일로 대체되는 놀라운 기술들이 일상으로

들어왔습니다. 낯설고 당황스러웠지만 그 변화에 적응하고 새로운 기술을 받아들인

당신의 모습을 떠올려봅니다.

**당신의 삶에 가장 큰 변화를 가져온 기술 혁명이나 신문물은 무엇이었나요?
그 순간을 떠올려보세요.**

예) 처음 휴대전화를 사용했을 때의 신기함, 내비게이션을 처음 사용했던 순간, 스마트폰 사용법을 배웠던 일

예 손으로 쓴 편지의 소중함, 이웃 간의 정을 나누는 문화

알쏭달쏭 단어 완성하기

사진을 보고 빈칸에 알맞은 글자를 채워 단어를 완성해 보세요.

1. 오 ○ 어
2. 줄 ○ 기
3. 계 ○ 기
4. 옷 ○ 이
5. 달 ○ 이

정답 : 1. 오징어 2. 줄넘기 3. 계산기 4. 옷걸이 5. 달팽이

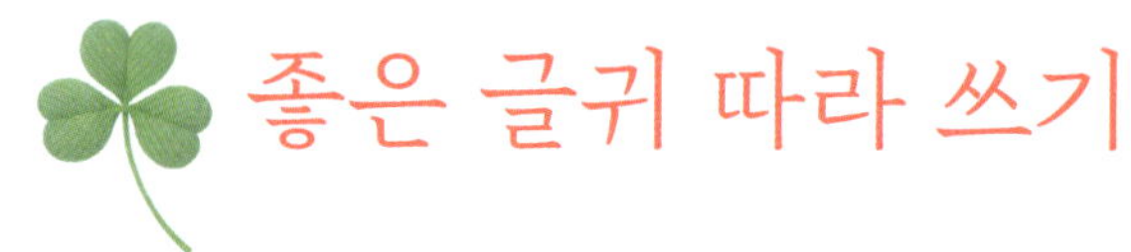 **좋은 글귀 따라 쓰기**

세월의 흐름 속에서 쌓아온 지혜와 여유는 우리 삶의 큰 선물입니다.
아래 글귀를 천천히 따라 쓰며, 일상의 소중함을 느끼고 삶의 지혜를 되새겨보세요.

가장 큰 지혜는 친절함과 겸손함이다

가장 큰 지혜는 친절함과 겸손함이다

세월은 다투지 않고 사는 법을 가르쳐주는 훌륭한 스승이다

세월은 다투지 않고 사는 법을 가르쳐주는 훌륭한 스승이다

인생의 가장 큰 즐거움은 날마다 새롭다는 것이다

인생의 가장 큰 즐거움은 날마다 새롭다는 것이다

작은 것에 감사하는 마음이 큰 행복을 부른다

작은 것에 감사하는 마음이 큰 행복을 부른다

나의 소중한 하루 일기

날짜 : __________년 _____월 _____일

오늘의 날씨 : ___________________

오늘의 기분 : ___________________

오늘 어디를 갔나요?

오늘 누구를 만났나요?

어떤 일이 있었나요?

오늘을 마무리하며

단어 연상 놀이

제시된 단어에서 연상되는 단어를 자유롭게 이어서 적어보세요.
꼬리에 꼬리를 무는 생각의 기차를 타보는 시간입니다.

예) 가을 → 단풍잎 → 소풍 → 김밥 → 어머니

시장 →　　　→　　　→　　　→　　　→

여행 →　　　→　　　→　　　→　　　→

가족 →　　　→　　　→　　　→　　　→

고향 →　　　→　　　→　　　→　　　→

바다 →　　　→　　　→　　　→　　　→

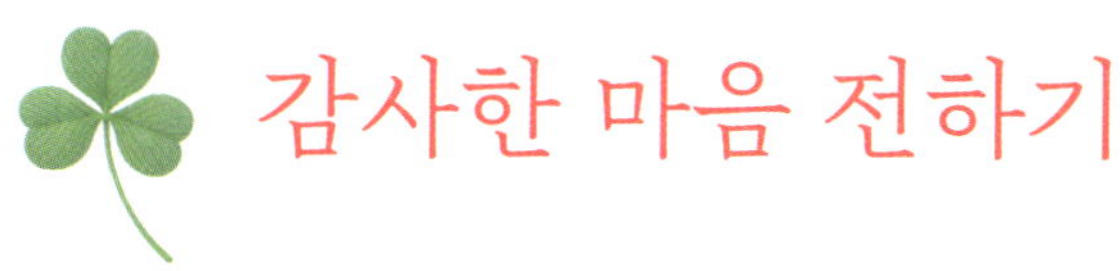
감사한 마음 전하기

우리는 혼자가 아닌 수많은 인연 속에서 살아갑니다.
평소에는 쑥스럽고 어색해서 하지 못했던 말이 있습니다.
사랑하는 사람에게 진심을 담아 편지를 써보는 건 어떨까요?

사랑하는   에게

년   월   일

쓴

내 삶을 빛나게 한 순간들

날짜 : __________ 년 _____ 월 _____ 일

오늘의 날씨 : __________________

오늘의 기분 : __________________

인생이라는 긴 여정에는 유난히 반짝이는 순간들이 있습니다.
세상을 다 가진 듯 행복했던 최고의 순간, '그때 참 잘했다!' 싶은 현명한 선택,
그리고 예기치 않게 찾아온 행운의 기억들을 꺼내봅니다.

살면서 '아, 정말 행복하다!' 하고 온 마음으로 느꼈던 최고의 순간은
언제였나요? 사진처럼 선명하게 남아 있는 그날의 기억을 꺼내봅니다.

예) 설날에 온 가족이 모여 함께 먹던 저녁 식사, 열심히 준비한 자격증을 땄을 때

수많은 선택의 갈림길에서 '이건 정말 잘했다!'라고 할 만한 선택이
있었을 겁니다. 어떤 순간이었나요?

예) 미루지 않고 영단어를 공부하거나 책 한 장을 더 읽었던 것, 화가 나더라도 참고 먼저 사과했던 것, 두렵지만
새로운 일을 시작했던 것

'나는 참 운이 좋았다.'라고 생각하는 특별한 경험이 있나요?
내 인생에 찾아온 사소하지만 값진 행운들을 떠올려봅시다.

예) 잃어버렸다고 생각했던 물건을 우연히 다시 찾은 것, 예상치 못한 곳에서 옛 친구를 만난 것, 사고를 당했지만
천만다행으로 많이 다치지 않아 금세 회복했던 일

나를 성장시킨 시간들

날짜 : __________년 _____월 _____일

오늘의 날씨 : __________________

오늘의 기분 : __________________

때로는 즐거운 기억보다 힘들고 아쉬웠던 시간들이 우리를 더 단단하게 만듭니다.
다시 돌아가고 싶을 만큼 그립거나 후회되는 순간, 포기하고 싶을 만큼 힘들었던
인생의 고비까지 모두 소중한 삶의 일부입니다.

인생에서 돌아가고 싶은 시절 또는 순간이 있나요?
돌아간다면 어떻게 살고 싶나요?

(예) 10대로 돌아가 공부를 더 열심히 하고 싶다, 20대로 돌아가 용감하게 사랑을 고백하고 싶다, 30대로 돌아가
자녀에게 더 관심을 가지고 따뜻한 말을 해주고 싶다

누구에게나 힘들고 어려운 시절이 있습니다. 포기하고 싶었던 순간,
어떻게 이겨냈나요?

 곁에서 힘이 되어준 사람 덕분에, 이겨낼 수 있다는 스스로에 대한 믿음으로, 시간이 약이라는 말을 되새기며

때로는 예상치 못한 사건 하나가 내 삶의 방향을 완전히 바꾸어놓기도
합니다. 당신의 인생에 전환점이 된 순간은 언제였나요?

 지금의 배우자를 만났을 때, 첫 직장에 입사했을 때, 귀농을 결심했을 때

마음에 새기는 시 한 편

얼굴 하나야

손바닥 둘로

폭 가리지만,

보고 싶은 마음

호수만 하니

눈 감을밖에.

– 정지용, < 호수 1 >

얼굴 하나야

손바닥 둘로

폭 가리지만,

보고 싶은 마음

호수만 하니

눈 감을밖에.

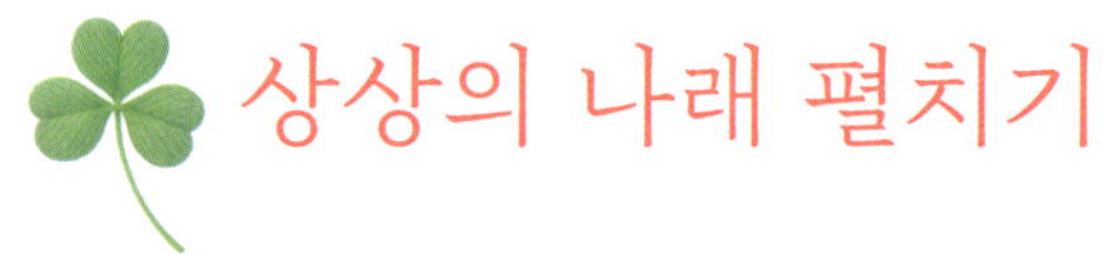

상상의 나래 펼치기

누구나 한 번쯤 '만약에'라는 즐거운 상상을 합니다.

상상은 잠시 잊고 있던 우리 마음속 꿈들을 꺼내보게 합니다.

갑자기 찾아온 커다란 행운 앞에서, 당신이 가장 먼저 하고 싶은 일은 무엇인가요?

내가 진정으로 원하는 것이 무엇인지 떠올리며 즐거운 상상의 나래를 펼쳐보세요.

만약에 복권 1등에 당첨된다면 무엇을 하시겠어요?

(예) 해외여행 떠나기, 9박 10일 크루즈 여행, 기부하기

만약에 1년 동안 외국에 살게 된다면 어느 나라에서 살고 싶나요?
그 이유는 무엇인지 함께 적어보세요.

(예) 아이슬란드 – 오로라를 직접 내 눈으로 보고 싶어서, 미국 – 대자연을 느끼고 싶어서

내 인생의 깊이를 더한 경험

날짜 : __________년 _____월 _____일

오늘의 날씨 : __________________

오늘의 기분 : __________________

우리는 살면서 수많은 경험을 했고, 그 경험들 덕분에 지금의 내가 될 수 있었습니다.
때로는 남에게 상처를 받기도, 상처를 주기도 했지만
미움을 털어내고 용서할 때 우리는 비로소 한 단계 더 성장합니다.
내 삶에 깊이를 더해 준 의미 있고 소중한 경험들을 함께 되짚어봅시다.

남에게 크게 상처받거나 피해를 입은 적이 있나요?
지금은 그 사람을 용서했나요? 어떤 마음으로 용서했나요?

예 남의 거짓말이나 실수로 내가 피해를 본 적이 있다

반대로 내가 누군가에게 크게 상처를 주거나 피해를 입힌 적이 있나요?
어떻게 사과하고 용서를 구했나요?

 진심 어린 편지를 썼다, 직접 찾아가서 사과를 전했다

 ## 단어 연상 놀이

제시된 단어에서 연상되는 단어를 자유롭게 이어서 적어보세요.
꼬리에 꼬리를 무는 생각의 기차를 타보는 시간입니다.

 가을 → 단풍잎 → 소풍 → 김밥 → 어머니

친구 →   →   →   →   →

추억 →   →   →   →   →

행복 →   →   →   →   →

그때 그 시절 세상 이야기

날짜 : __________년 _____월 _____일

오늘의 날씨 : ___________________

오늘의 기분 : ___________________

나의 이야기는 곧 우리 모두의 역사입니다. 온 나라가 떠들썩했던 역사적인 순간부터
컬러 TV 앞에 온 동네 사람들이 모이던 그 시절의 풍경은 아련한 추억으로 남아 있습니다.
다 함께 웃고 안타까워하고 기뻐했던 그 시절을 떠올려봅시다.

당신의 삶은 대한민국의 역사와 함께 흘러왔습니다.
온 나라가 떠들썩했던 날, 당신은 어디서 무엇을 하고 있었나요?

(예) 1988년 서울 올림픽 개막식—동네에서 다같이 모여 TV 속 오륜기를 보던 감격의 순간,
2002년 월드컵 4강 진출의 순간—모두 붉은 악마가 되어 응원했던 날

옛날에 좋아했던 가수, 배우, 연예인을 적어보세요.
지금은 누구를 좋아하나요? 왜 좋아하는지도 적어보세요.

(예) 하춘화, 비틀즈, 박남정, 임영웅

'그땐 그랬지.' 하고 떠오르는 정겨운 동네 풍경은 무엇인가요?

(예) '뻥이요!' 소리와 함께 동네를 찾아오던 뻥튀기 아저씨, 소독차를 따라다니던 나와 친구들의 모습

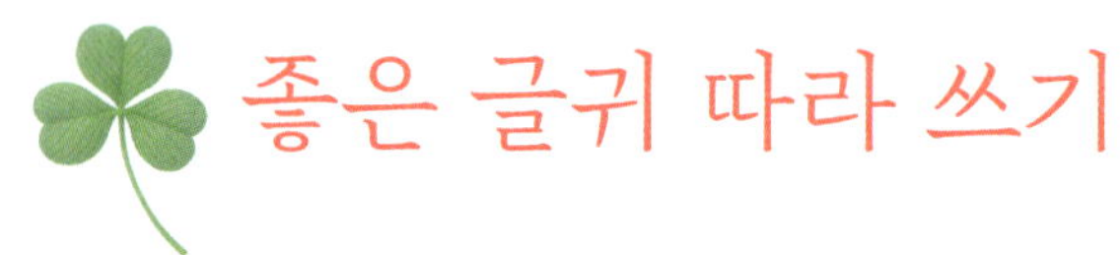

좋은 글귀 따라 쓰기

배움에는 나이가 없고, 새로운 시작은 언제나 설렙니다. 아래 글귀를 천천히 따라 쓰며,
어제보다 더 성장하는 오늘의 나를 응원해 주세요.

꽃은 저마다 피는 계절이 다르다

꽃은 저마다 피는 계절이 다르다

배움에는 은퇴가 없다

배움에는 은퇴가 없다

인생은 속도가 아니라 방향이다

인생은 속도가 아니라 방향이다

샘물은 퍼낼수록 맑아지고 마음은 나눌수록 넓어진다

샘물은 퍼낼수록 맑아지고 마음은 나눌수록 넓어진다

나의 소중한 하루 일기

날짜 : __________ 년 _____ 월 _____ 일

오늘의 날씨 : __________________

오늘의 기분 : __________________

오늘 어디를 갔나요?

오늘 누구를 만났나요?

어떤 일이 있었나요?

오늘을 마무리하며

나 자신을 믿어주는 시간

세상에 태어나면서 갖게 된 나의 이름.

그 이름 안에는 부모님의 깊은 사랑과 바람이 담겨 있습니다.

만약에 나 스스로에게 새로운 이름을 지어줄 수 있다면 어떤 이름으로 짓고 싶나요?

그 이름에 담고 싶은 나의 가치와 앞으로의 바람을 생각해 보는 시간입니다.

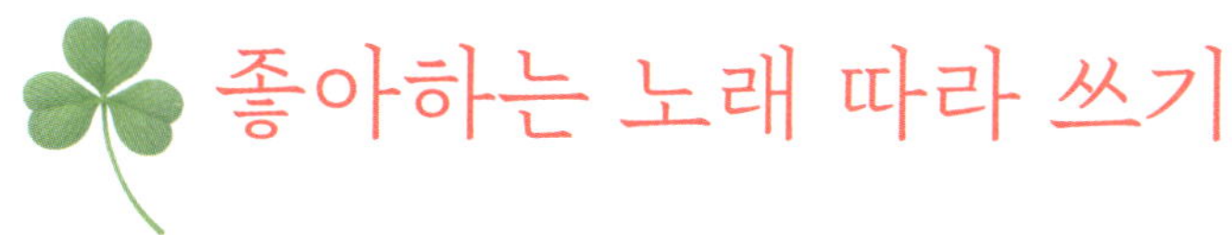
좋아하는 노래 따라 쓰기

노래는 시간을 관통하는 마법의 언어입니다.

가슴속에 간직한 노래도 좋고 요즘에 푹 빠진 노래도 좋습니다.

노랫말을 정성껏 옮겨 적으며 음미해 보세요.

나를 말해 주는 것들

오랜 시간 나의 곁을 지켜온 물건, 힘들 때마다 위로가 되어준 노래 한 구절에는
나의 인생, 나의 사연이 담겨 있습니다. 내가 가진 소중한 물건, 내 인생 노래는 무엇인가요?
자랑할 만한 나만의 솜씨도 떠올려보세요.

**값비싼 물건이 아니더라도 오랜 세월 나의 곁을 지키며
소중한 추억을 담고 있는 물건이 있나요?**

예) 부모님이 물려주신 낡은 시계, 젊은 시절 주고받았던 연애편지, 아이들의 어릴 적 배냇저고리

힘들 때 위로가 되고 기쁠 때 흥을 돋우는 나만의 인생 노래를 적어보세요.

예 젊은 시절 다방에서 자주 듣던 노래, 라디오 오프닝 음악, 노래방 18번

'이것만큼은 내가 최고지 !' 하고 자신 있게 자랑할 만한 나만의 솜씨나
재주가 있나요?

예 구수한 된장찌개 끓이는 솜씨, 어떤 화초든 잘 키우는 능력, 손주들에게 옛날이야기를 재미있게 해주는 재주

마음속에 간직한 풍경들

날짜 : __________ 년 _____ 월 _____ 일

오늘의 날씨 : ____________________

오늘의 기분 : ____________________

사진첩을 보지 않아도 눈을 감으면 생생하게 떠오르는 풍경들이 있습니다.
삶의 활력소가 되어준 여행, 친구들과 자주 모이던 추억의 장소까지
마음속에 아름다운 그림으로 남아 있는 그곳으로 추억 여행을 떠나볼까요?

일상을 벗어나 낯선 곳으로 떠났던 여행은 삶의 활력소가 됩니다.
마음속에 남아 있는 가장 아름다운 풍경은 어디인가요?

예) 신혼여행으로 떠났던 제주도, 아이들 손잡고 갔던 경주, 친구들과 함께한 설악산 단풍 구경

(예) 통기타 라이브 카페, 경양식 돈가스 집

 알쏭달쏭 단어 완성하기

사진을 보고 빈칸에 알맞은 글자를 채워 단어를 완성해 보세요.

1. 고　　마
2. 단　　잎
3. 카　　라
4. 발　　락
5. 눈　　람

정답 : 1. 고구마 2. 단풍잎 3. 카메라 4. 발가락 5. 눈사람

일상 속 작은 행복 찾기

날짜 : _____________ 년 ______ 월 ______ 일

오늘의 날씨 : ___________________

오늘의 기분 : ___________________

행복은 멀리 있는 것이 아니라 우리 주변에 숨어 있습니다.

당연하게 여겼던 것들에 대해 감사한 마음을 가져보고, 나를 미소 짓게 하는 것들을

적어보세요. 마음이 편안해지는 풍경과 내가 가장 좋아하는 계절을 떠올리며

일상 속 작은 행복을 발견해 봅니다.

생각만 해도 저절로 입가에 미소가 지어지는 것들이 있습니다.
당신을 행복하게 만드는 '행복 버튼'은 무엇인가요?

(예) 드라마에 좋아하는 배우가 나올 때, 배우자의 따뜻한 말 한마디, 손주들의 재롱

예) 비 오는 창밖 풍경, 노을 지는 저녁 하늘, 조용한 시골의 새벽 풍경

1년 사계절은 저마다 다른 아름다움을 가지고 있습니다.
당신은 어떤 계절을 가장 좋아하나요? 그 이유는 무엇인가요?

예) 만물이 소생하는 봄, 푸르고 활기찬 여름, 풍요롭고 낭만적인 가을, 고요하고 차분한 겨울

 # 아름다운 우리말 소리 내어 읽기

시간이 흐르면서 사라져가는 보석 같은 우리말들이 있습니다.
한 글자 한 글자 정성껏 소리 내어 읽으며 말의 고운 소리와 뜻을 음미해 보세요.
우리말의 아름다움이 당신의 일상을 더욱 풍요롭게 만들어줄 겁니다.

1. 도담도담

(뜻) 어린아이가 탈 없이 잘 놀며 자라는 모양.
(예문) 손주가 도담도담 자라는 모습만 봐도 배가 부르다.

2. 아람

(뜻) 탐스럽게 벌어진 과일이나 충분히 익어 벌어진 밤송이.
(예문) 가을 동산에 아람이 가득 열렸다.

3. 모도리

(뜻) 빈틈없이 아주 여무진 사람.
(예문) 그 사람은 모도리라 걱정이 없다.

4. 윤슬

(뜻) 햇빛이나 달빛에 비치어 반짝이는 잔물결.
(예문) 바다에 반짝이는 윤슬이 아름답다.

빈칸 채워 속담 완성하기

우리의 지혜가 담긴 속담입니다.

짧은 문장 속에 담긴 깊은 뜻을 되새기다 보면, 삶의 이치를 다시 한번 깨닫게 됩니다.

빈칸에 알맞은 말을 넣어 속담을 완성해 보세요.

1. 작은 고추가 더 ＿＿ ＿＿

   몸집이 작다고 얕보면 안 되며, 오히려 더 야무지고 단단할 수 있다는 뜻

2. 구슬이 서 말이라도 꿰어야 ＿＿ ＿＿

   아무리 좋은 것이라도 쓸모 있게 만들어야 가치가 있다는 뜻

3. 돌＿＿ ＿＿도 두들겨 보고 건너라

   잘 아는 일이라도 실수가 없도록 조심해야 한다는 의미

4. 아니 땐 ＿＿ ＿＿에 연기 날까

   반드시 원인이 있어야 결과가 생긴다는 뜻

5. 열 번 찍어 아니 넘어가는 ＿＿ ＿＿ 없다

   꾸준히 노력하면 어떤 어려운 일도 이룰 수 있다는 뜻

정답 : 1. 맵다 2. 보배 3. 다리 4. 굴뚝 5. 나무

마음에 새기는 시 한 편

아! 그립다.
내 혼자 마음 날 같이 아실 이
꿈에나 아득히 보이는가.

향 맑은 옥돌에 불이 달아
사랑은 타기도 하오련만
불빛에 연긴 듯 희미론 마음은
사랑도 모르리 내 혼자 마음은.

– 김영랑, < 내 마음을 아실 이 > 중에서

아! 그립다.

내 혼자 마음 날 같이 아실 이

꿈에나 아득히 보이는가.

향 맑은 옥돌에 불이 달아

사랑은 타기도 하오련만

불빛에 연긴 듯 희미론 마음은

사랑도 모르리 내 혼자 마음은.

가슴 뛰는 새로운 도전

날짜 : ___________년 _____월 _____일

오늘의 날씨 : ___________________

오늘의 기분 : ___________________

몰랐던 것을 배우고 새로운 맛과 스타일에 도전하는 것은
우리 삶에 신선한 활력을 불어넣어 줍니다.
가슴 뛰는 작은 도전을 통해 열정과 용기를 다시 깨워보세요.

나이는 숫자에 불과합니다. 새로 배우고 싶은 것이 있나요?
왜 배우고 싶나요? 배운 뒤에 무엇을 하고 싶나요?

(예) 독일어 배워서 독일로 여행 가기, AI로 동영상 만들기, 색소폰 배워서 공연하기

세상에는 아직 맛보지 못한 음식이 많습니다. 미각을 깨우는 즐거움을 위해 어떤 새로운 음식에 도전해 보고 싶나요?

예) 멕시코 타코, 태국 똠양꿍, 독일 슈바인스학세

작은 스타일의 변화만으로도 기분이 전환되고 새로운 활력을 얻을 수 있습니다. 어떤 스타일에 도전해 보고 싶나요?

예) 포마드 헤어, 세련된 머플러나 중절모, 단아한 생활 한복

온전히 나를 돌보는 시간

날짜 : __________년 _____월 _____일

오늘의 날씨 : __________________

오늘의 기분 : __________________

그동안 바쁜 하루를 살아내느라, 가족들을 위해 애쓰느라 정작 나 자신을 돌보지 못할 때가
많았습니다. 고생한 나에게 선물해 준다면 무엇이 좋을까요? 행복한 고민을 해보세요.
그리고 만약 다시 태어난다면 무엇으로 태어나고 싶은가요?
내 인생을 돌아보며 다음 생도 그려봅시다.

바쁜 일상 속 정작 나를 돌보지 못할 때가 많았습니다.
나 자신을 위해 어떤 선물을 해주고 싶나요?

예) 멋진 옷 한 벌, 편안한 신발, 좋아하는 가수의 공연 관람

예 하늘을 나는 새, 푸른 나무, 자유로운 바람

 ## 글자 조합해서 단어 완성하기

순서가 뒤죽박죽 섞인 글자들을 잘 조합하여 올바른 단어를 만들어보세요.
잠자고 있던 뇌가 즐겁게 깨어날 거예요.

1. 물건을 싸거나 덮을 때 쓰는 네모난 천

   도 기 보 자 쌈 길 →

2. 페달을 밟아 바람을 일으켜 소리를 내는 건반 악기

   금 산 수 풍 강 가 →

3. 작은 돌멩이 5개를 가지고 노는 아이들의 놀이

   놀 공 기 이 돌 멩 →

정답 : 1. 보자기 2. 풍금 3. 공기놀이

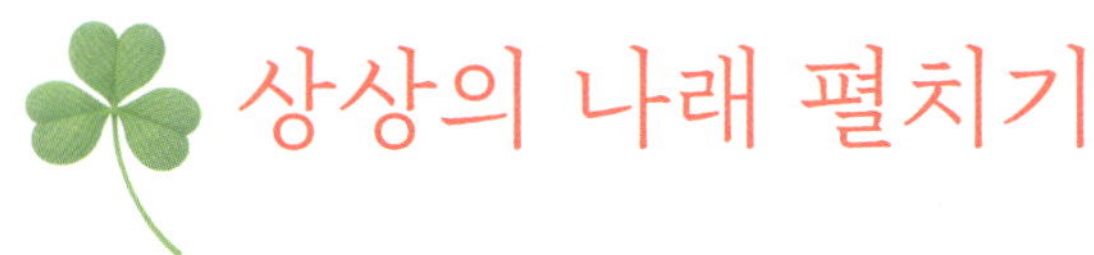

상상의 나래 펼치기

우리는 늘 내일이 있을 거라 생각하며 살아갑니다.

하지만 '만약 오늘이 마지막 날이라면?' 하고 질문을 던져보면, 삶의 풍경이 조금
다르게 보일 겁니다. 상상은 우리를 슬프게 하기보다 진정으로 소중한 것이 무엇인지
선명하게 보여주는 지혜의 거울이 되어줍니다.

만약 오늘이 내 인생의 마지막 날이라면, 무엇을 가장 하고 싶나요?

예 가족과 함께 따뜻한 밥 한 끼 먹기, 전하지 못한 진심이 담긴 편지 쓰기, 가장 좋아하던 장소에 가보기

평생 애쓴 나 자신에게 어떤 말을 해주고 싶나요?

정말 고생 많았다, 나는 참 좋은 사람이었어, 덕분에 행복했어, 고마워

 나 자신을 믿어주는 시간

시간이 흘러 모든 것이 변했지만, 변하지 않고 나를 지탱해 주는 무언가가 있습니다.
그것은 내가 좋아하는 취미일 수도 있고 작은 습관일 수도 있습니다.
나를 가장 나답게 만들어주는 것, 나에게 가장 큰 기쁨과 위안을 주는 것은 무엇인가요?
내가 가장 소중하게 여기는 것들을 기록하며 스스로를 격려해 봅니다.

나 자신을 믿어주는 시간

 # 꼬리에 꼬리를 무는 끝말잇기 놀이

오랜만에 끝말잇기 놀이를 해볼까요?
제시된 단어로 시작하여 단어들을 쭉 이어서 적어보세요.

기차　→　차표　→　표범　→　범인　→　　　　→　　　　→

→　　　　→　　　　→　　　　→　　　　→　　　　→

어머니 → 니트 → 트럭 → 럭비 → 　　　→ 　　　→

→　　　　→　　　　→　　　　→　　　　→　　　　→

하늘　→　늘보　→　보자기 → 기러기 → 　　　→ 　　　→

→　　　　→　　　　→　　　　→　　　　→　　　　→

강아지 → 지도　→　도토리 → 리본　→　　　　→　　　　→

→　　　　→　　　　→　　　　→　　　　→　　　　→

과거와 미래에 전하는 마음

날짜 : __________년 _____월 _____일

오늘의 날씨 : __________________

오늘의 기분 : __________________

지금의 나는 과거의 내가 있었기에 존재하며, 미래의 나는 지금의 내가 만들어갑니다.
1년 전의 나에게 꼭 해주고 싶은 말, 1년 후의 나에게 전하고 싶은 응원의 편지를
적어봅시다.

1년 전의 당신은 어떻게 살고 있었나요?
그때의 나에게 꼭 해주고 싶은 말이 있다면 적어보세요.

예 그때 그 친구에게 먼저 사과해야 했어, 귀찮아하지 말고 열심히 모임에 나가면 좋겠어

1년 후, 당신은 어떤 모습으로 살고 있을까요?
미래의 나에게 희망과 응원이 담긴 편지를 써보세요.

 지금처럼 건강하게 지내렴, 새로운 도전을 즐기고 있기를, 여전히 행복하기를 바라

 # 단어 연상 놀이

제시된 단어에서 연상되는 단어를 자유롭게 이어서 적어보세요.
꼬리에 꼬리를 무는 생각의 기차를 타보는 시간입니다.

 가을 → 단풍잎 → 소풍 → 김밥 → 어머니

평화 →　　　　→　　　　→　　　　→　　　　→

용서 →　　　　→　　　　→　　　　→　　　　→

성장 →　　　　→　　　　→　　　　→　　　　→

삶의 지혜를 돌아보며

날짜 : __________년 _____월 _____일

오늘의 날씨 : _____________________

오늘의 기분 : _____________________

지나온 세월은 우리에게 값진 지혜를 선물했습니다.

내 삶의 나침반이 되어준 명언이나 격언, 서툴렀던 과거의 나에게 해주고 싶은 조언을

떠올려보세요. 인생의 지혜를 되새기며, 앞으로의 삶을 어떻게

아름답게 마무리하고 싶은지 그려보는 시간입니다.

수많은 책과 사람들을 통해 우리는 삶의 지혜를 배웁니다.
지금 당신의 마음에 가장 깊이 새겨진 명언이나 격언은 무엇인가요?

㉖ 뜻이 있는 곳에 길이 있다, 오늘 걷지 않으면 내일은 뛰어야 한다, 로마는 하루아침에 이루어지지 않았다,
　　시작이 반이다, 고생 끝에 낙이 온다

아무것도 모르고 서툴렀던 시절의 나에게, 지금의 내가 해주고 싶은 말이
있나요? 따뜻한 조언과 격려를 보내주세요.

예) 너무 걱정하지 말자, 다 잘될 거야, 용감하게 도전해 봐, 주변 사람들에게 더 잘하렴, 현재에 최선을 다하자

삶의 마지막 페이지는 다른 이들의 기억 속에서 완성됩니다.
훗날 사람들이 당신을 어떤 사람으로 기억해 주었으면 하나요?

예) 가는 곳마다 웃음꽃을 피게 하는 사람, 이 시대의 진정한 어른, 항상 사랑으로, 믿음으로 버팀목이 되어준 사람

행복은 내면의 마음가짐에서 옵니다. 아래 글귀를 천천히 따라 쓰다 보면 마음이 차분해지고 진정한 행복을 찾을 수 있게 됩니다.

마음의 창이 맑으면 세상이 밝게 보인다

마음의 창이 맑으면 세상이 밝게 보인다

좋은 인연이 인생의 가장 큰 재산이다

좋은 인연이 인생의 가장 큰 재산이다

마음이 평온하면 매일이 잔칫날이다

마음이 평온하면 매일이 잔칫날이다

나는 세상에 단 하나뿐인 귀한 사람이다

나는 세상에 단 하나뿐인 귀한 사람이다

 나의 소중한 하루 일기

날짜 : __________년 _____월 _____일

오늘의 날씨 : ____________________

오늘의 기분 : ____________________

오늘 어디를 갔나요?

오늘 누구를 만났나요?

어떤 일이 있었나요?

오늘을 마무리하며

마음에 새기는 시 한 편

별 하나에 추억과

별 하나에 사랑과

별 하나에 쓸쓸함과

별 하나에 동경과

별 하나에 시와

별 하나에 어머니, 어머니.

– 윤동주, < 별 헤는 밤 > 중에서

별 하나에 추억과

별 하나에 사랑과

별 하나에 쓸쓸함과

별 하나에 동경과

별 하나에 시와

별 하나에 어머니, 어머니.

내 인생이 한 권의 책이라면

날짜 : ___________년 _____월 _____일

오늘의 날씨 : _____________________

오늘의 기분 : _____________________

한 사람의 인생은 세상에 단 하나뿐인 소중한 책과 같습니다. 지나온 길 위에는 수많은 웃음과 눈물의 이야기가 새겨져 있습니다. 당신의 삶이라는 책에는 어떤 지혜와 사랑의 문장들이 담겨 있나요? 세상에 남기고 싶은 당신의 이야기를 들려주세요.

만약 당신의 인생을 한 권의 책으로 쓴다면, 어떤 제목을 붙이고 싶나요? 당신의 삶을 가장 잘 나타내는 한 문장을 찾아보세요.

예) 그래, 이 정도면 충분히 괜찮은 인생이었다, 웃음꽃 피우며 살아온 엄마의 나날

내 인생을 담은 책의 표지를 상상해 보세요.
어떤 그림이나 사진, 어떤 색깔, 어떤 분위기가 어울릴까요?

예 하늘에 별이 떠 있고, 바다에 배가 하나 떠 있는 차분한 느낌의 표지, 화려한 꽃이 가득한 봄 내음이 날 것만
같은 표지

 ## 글자 조합해서 단어 완성하기

순서가 뒤죽박죽 섞인 글자들을 잘 조합하여 올바른 단어를 만들어보세요.
잠자고 있던 뇌가 즐겁게 깨어날 거예요.

1. 옷을 만들거나 수선할 때 쓰는 기계

   축 봉 전 틀 품 재 →

2. 구멍이 뚫린 검은색 원기둥 모양의 난방 연료

   연 불 석 름 탄 계 →

3. 바닥을 뜨겁게 달구어 옷의 구김살을 문질러 펴는 기구

   화 다 이 미 리 양 →

정답 : 1. 재봉틀 2. 연탄 3. 다리미

 세월의 지혜가 담긴 인생 명언

한 걸음 한 걸음 걸어오신 인생길에는 세상 어떤 책보다 깊은 지혜가 담겨 있습니다.
아래의 글들은 먼저 그 길을 걸었던 이들이 남긴 혹은 우리 마음속에 새겨진 생각의
조각들입니다. 따뜻한 위로와 격려가 되길 바랍니다.

인생이라는 긴 길을 걸어보니

가장 큰 스승은 세월이었고 가장 큰 재산은 경험이었네.

자식에게 물려줄 최고의 유산은

함께 웃고 울었던 따뜻한 기억이다.

마음의 짐을 내려놓으니 비로소 세상이 편안해진다.

용서는 남을 위한 것이 아니라 나를 위한 마지막 선물이다.

흐르는 강물을 어찌 막을 수 있으랴.

순리대로 살다 보니 근심도 세월 따라 흘러가더라.

세상에 내 이름 석 자 남기는 것보다, 누군가의 마음에

'참 좋은 사람이었다.'라고 기억되는 것이 더 큰 성공이다.

 # 나를 돌아보며

지금까지 써내려온 나의 삶의 이야기를 읽어보세요.
살아온 시간을 떠올리며 '나'를 표현하는 단어를 써보세요.

나는 ___________________________ 사람입니다.

나는 ___________________________ 사람입니다.

나는 ___________________________ 사람입니다.

나는 ___________________________ 사람입니다.

나는 ___________________________ 사람입니다.

아들, 딸에게 사진을 보내봅시다

글로 남기는 추억도 좋지만, 지금의 내 모습을 사진으로 남겨 자녀에게 보내보는 건
어떨까요? 조금 서툴러도 괜찮습니다. 아래 순서대로 천천히 따라 해보세요.
자녀들은 당신의 얼굴을 보는 것만으로도 행복해 할 거예요.

1단계 **스마트폰에서 카메라 앱 찾아서 누르기**

보통 스마트폰 첫 화면이나 다음 화면에 있습니다.

> 팁 사진을 찍기 전에 부드러운 천으로 카메라 렌즈를 살짝 닦아주면 더 선명한
> 사진을 찍을 수 있어요.

2단계 **멋진 내 모습 촬영하기**

화면에 내 얼굴이 잘 나오도록 스마트폰을 들고, 동그란 촬영 버튼 을
눌러주세요. "김치~" 하고 웃으면 더 예쁘게 나와요.
창가나 밝은 곳에서 찍으면 얼굴이 더 환하게 보입니다.

3단계 **카카오톡 어플 찾아서 누르기**

노란색 바탕에 갈색 말풍선 모양의 앱을 찾아 눌러주세요.

4단계 **사진 보낼 아들, 딸 이름 찾아서 누르기**

'친구' 목록 에서 자녀의 이름을 찾아 눌러주세요.
'1:1 채팅' 버튼을 누르면 대화방이 열립니다.

5단계 **사진 선택해서 보내기**

대화방 아래쪽의 더하기(+) 버튼 을 누르세요.
여러 메뉴 중 '사진' 을 누르세요.
방금 찍은 내 사진을 선택하고, 오른쪽 위의 '전송' 버튼을 누르면 끝!
"사랑하는 ○○야, 엄마(아빠) 잘 지낸다!" 하고 메시지도 함께 보내보세요.

 # 소중한 사람에게 편지를 써봅시다

평소에는 쑥스러워 차마 하지 못했던 말,
가슴속에 묻어두었던 진심을 글자로 전해 보는 건 어떨까요?
당신의 사랑이 담긴 이 편지는 시간이 지나도 바래지 않는 소중한 선물이 될 것입니다.

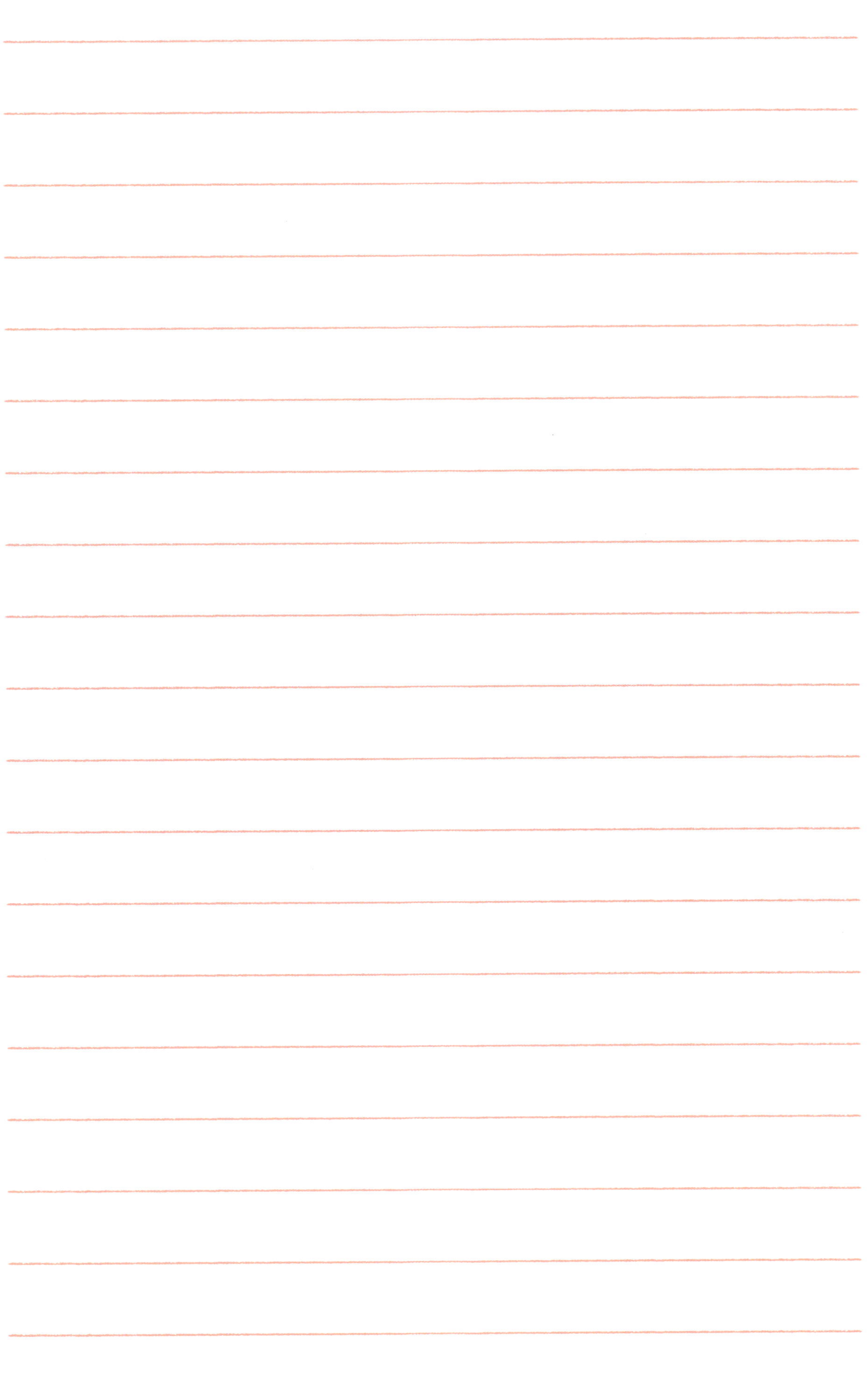

쓰면서 행복해지는 인생 글쓰기
치매예방×기억·인지강화 워크북

1판 1쇄 펴낸 날 2026년 3월 5일

지은이 보누스 편집부
주간 안채원
책임편집 채선희
편집 윤대호, 윤성하, 장서진
디자인 김수인, 이예은
마케팅 함정윤, 김희진

펴낸이 박윤태
펴낸곳 보누스
등록 2001년 8월 17일 제313-2002-179호
주소 서울시 마포구 동교로12안길 31 보누스 4층
전화 02-333-3114
팩스 02-3143-3254
이메일 bonus@bonusbook.co.kr
인스타그램 @bonusbook_publishing

ISBN 978-89-6494-781-4 03800

• 도서에 수록된 삽화는 인공지능 이미지 생성 도구를 활용하여 제작되었으며, 표지 및 내지 디자인 구성은 제작자가 진행하였습니다.
• 책값은 뒤표지에 있습니다.